www.literaturasm.com

Primera edición: febrero 1998
Trigésima octava edición: junio 2012

Dirección editorial: Elsa Aguiar
Traducción del alemán: Carmen Bas

Título original: *Das blaue Wagilö*

Impresores, 2
Urbanización Prado del Espino
28660 Boadilla del Monte (Madrid)
www.grupo-sm.com

ATENCIÓN AL CLIENTE
Tel.: 902 121 323
Fax: 902 241 222
e-mail: clientes@grupo-sm.com

ISBN: 978-84-348-2384-6
Depósito legal: M-42481-2010
Impreso en la UE / *Printed in EU*

EL BARCO DE VAPOR

El jajilé azul

Úrsula Wölfel

Ilustraciones de Antonio Lancho

sm

EN África,
en un inmenso y oscuro bosque,
viven unos jabalíes grises.
Con el hocico
escarban en la tierra
en busca de raíces o ricas setas.

Por la noche
duermen en un lodazal
grande y negro.
Por la mañana
corren al lago y beben agua.

Uno de estos jabalíes
está siempre solo,
escarbando en la tierra.
No le gustan
los demás jabalíes.
Piensa:
«¡Qué feísimos son todos!
Tan grises y tan gordos,
con esos hocicos en la cara.»
Pero ese jabalí no sabe
que él es igual que los demás:

gordo y gris
como todos los jabalíes.
Grita cuando los demás
se acercan a él
y los amenaza
con sus largos colmillos.
Quiere que todas las raíces,
todas las setas del bosque
sean sólo para él.
Duerme solo
en un pequeño charco de fango.

Por la mañana,
cuando los demás todavía roncan
en el lodazal grande y negro,
él corre solitario hasta el lago.
No quiere beber agua
con los demás.
Quiere el lago para él solo.
Pero un día,
el lago está tan claro y tranquilo
que el jabalí se refleja en el agua.

¡Y se ve por primera vez
a sí mismo!
Ve que es igual que los demás:
gordo y gris
como todos los jabalíes.
¡Y tiene un enorme hocico
en la cara!
Al principio se asusta.
Luego grita
y patalea en el suelo
con furia y rabia.
Y todos los pájaros
salen volando de sus nidos.
Luego, se queda triste,
y dos grandes lágrimas
le brotan de los ojos.

En el agua nadan
bonitos peces de colores.
El más grande es tan azul
como una piedra preciosa.
Entonces el jabalí piensa:
«¡Qué bonito es!
Y yo soy gris y feo
por todas partes.
Me gustaría ser tan azul
como ese pez.»

Vuelve corriendo
a su pequeño charco
de fango negro.
No quiere comer nada
en todo el día.
Sólo piensa en el pez azul.
Muy triste, se queda dormido.

Y por la mañana,
cuando se despierta,
¡se ha vuelto azul,
muy azul,
tan azul
como aquel bonito pez grande!

El jabalí está
muy contento y orgulloso.
Corre lo más deprisa que puede.
¡Los demás animales
tienen que ver
lo bonito
que el jabalí se ha vuelto!

Enseguida
se encuentra
con las jirafas.
En aquel momento
están comiendo
hojas de los árboles.
Tienen la cabeza
tan alta

que ni siquiera ven
al jabalí que está
en el suelo.
El jabalí chilla,
gruñe y patalea.
Pero las jirafas
siguen comiendo.

Entonces el jabalí piensa:
«¡Qué bonitas son las jirafas,
con sus largos y esbeltos cuellos!
Y yo todo lo tengo
corto y gordo.
Me gustaría tener el cuello
así de largo.»

Regresa corriendo
a su pequeño charco
de fango negro.
Se pasa todo el día
pensando en las jirafas.
Luego,
se queda dormido.

Y por la mañana,
cuando se despierta,
¡tiene un cuello largo,
un cuello
como el de las jirafas!

El jabalí está
muy contento y orgulloso.
Corre lo más deprisa que puede.
¡Los demás animales
tienen que ver
lo bonito
que el jabalí
se ha vuelto!

Un león acecha
entre las altas hierbas,
y su melena resplandece al sol.
El jabalí se asusta
y sale corriendo.
Piensa:
«¡Qué bonito y fuerte es el león!
¡Qué aspecto tan grandioso tiene
con esa melena!

Y yo estoy desnudo
y apenas tengo pelo.
Me gustaría tener una melena
como la del león.»

Regresa corriendo
a su pequeño charco
de fango negro.
Se pasa todo el día
pensando en el león.
Luego, se queda dormido.

Y por la mañana,
cuando se despierta,
¡tiene una melena de león!
El jabalí está
muy contento y orgulloso.
Corre lo más deprisa
que puede.

Va a buscar a todos los animales
que están en el río
y por la selva.
¡Que por fin vean
lo bonito
que el jabalí
se ha vuelto!

Pero al verlo
todos los animales
salen corriendo.
Se asustan de su melena de león.

Los monos chillan.
El rinoceronte gruñe.
El cocodrilo
golpea furioso
con la cola.

Todos los papagayos
gritan con fuerza:
—¿Qué animal eres?
Dinos tu nombre.
¿Qué animal eres?
Dinos tu nombre.

¿Qué debe decir el jabalí?
Piensa:
«Con este color azul
tan maravilloso,
con este cuello tan largo
y esta melena,
ya no soy un jabalí.
Ahora tendré un nombre nuevo.»

Regresa corriendo
a su pequeño charco
de fango negro.
Se pasa todo el día
pensando en su nuevo nombre.
Pero de tanto pensar
le entra sueño.
Enseguida se queda dormido.

Y por la mañana,
cuando se despierta,
¡todavía no sabe cómo se llama!
Se avergüenza
de no tener nombre.
Piensa:
«Los demás animales
se van a reír.
¡Me voy a ir lejos de aquí!
Me voy a ir con las personas.

Las personas son listas.
Seguro que saben
qué animal soy ahora.»
   Se pone en camino
hacia la ciudad.
Pasa por los campos de arbustos
y por los campos de hierbas.
Donde se acaba la hierba
está el desierto.

El desierto es muy grande
y está vacío.
Sólo hay arena y piedras,
sólo crecen cardos y cactus,
no hay raíces ni ricas setas.
Tampoco hay
ningún fresco charco
de fango negro

ni ningún lago
con agua,
sólo desierto.
El sol quema,
la arena está tan caliente
como el fuego.
El jabalí azul
apenas puede ya andar.

Entonces pasa un avestruz
corriendo delante de él.
Enseguida el jabalí piensa:
«¡Qué bonito es!
Qué deprisa corre el avestruz.
Y yo,
con estas patas tan cortas,
me quedo aquí,
atrapado en la arena.
Me gustaría tener
las patas así de largas.»
Se tumba en un hoyo
en la arena caliente
del desierto
y enseguida se queda dormido.

Y por la mañana,
cuando se despierta,
¡tiene las patas largas,
tiene unas patas
como las del avestruz!
El jabalí está otra vez
muy contento y orgulloso.
Sale corriendo
y enseguida llega a la ciudad.

Toda la gente
corre por la calle.
Nunca han visto
un animal como ése.
Y uno grita:
—Es un jabalí.
Seguro,
tiene hocico en la cara.

El jabalí chilla de rabia
y le lanza un golpe.
Otro grita:
—No, mirad ese cuello tan largo.
Ese animal
tiene cuello de jirafa.
El animal gruñe
y sacude la cabeza.
Quiere tener un nombre nuevo.
Y otro grita:
—¡Es un león!
Y mucha gente sale corriendo
porque tiene miedo.

Una niña vestida de rojo
grita:
—¡Un ja-ji-lé, es un jajilé azul!
Y todos los demás gritan:
—¡Sí, un jajilé!
Entonces el animal se ríe.
Estira su largo cuello.
Sacude
su vistosa melena de león.
Levanta
las largas patas de avestruz.
Brinca, salta y baila.
¡Está tan contento!
Todos aplauden,
y los niños gritan:
—¡Bien! ¡Bien!

El jajilé baila todo el día.
Está muy contento
de tener un nombre nuevo.
Y por la noche se echa
en el centro de la calle.
Pronto se queda dormido
porque está muy cansado.
Duerme profundamente.

Por la mañana,
cuando se despierta,
¡el pobre jajilé está
en una jaula!

Los hombres lo han encerrado,
lo han capturado
mientras dormía.

jajilé

En la jaula
hay un letrero con su nombre.
Le han puesto agua
y un trozo de carne,
y zanahorias y ensalada.
Pero el jajilé no quiere comer
nada de eso.
La gente lo mira
desde fuera de la jaula,
y también está allí
la niña del vestido rojo.
Quieren que el animal baile.
¿Por qué no baila?
Los niños gritan:

—¡Querido jajilé!
¡Anda, bonito animal azul,
baila un poco!

¿Cómo va a bailar
en una jaula tan estrecha?
¿Cómo va a bailar
si está muy triste?
El jajilé se sienta
en un rincón de la jaula.
Mira a los pájaros
que vuelan por el cielo.
Piensa:
«¡Qué bonitos
y qué bien vuelan en libertad!
Y yo tengo que estar aquí,
en esta jaula tan estrecha.
Me gustaría tener alas,
como los pájaros.»
Se pasa todo el día
pensando en los pájaros.
No come ni bebe.
Tampoco baila.
Luego, se queda dormido.

jajilé

Y por la mañana,
cuando se despierta,
¡tiene unas grandes alas azules!
¡El jajilé puede volar!
¡Está feliz!
Con sus largos colmillos
pincha la carne
y las ricas zanahorias
y la ensalada.

jajilé

Luego,
coge el cacharro del agua
con la boca
y sale volando
de su estrecha jaula.

En el jardín
de la niña del vestido rojo
deja caer
dos grandes plumas azules,
una de cada una
de sus bonitas alas nuevas.
Quiere darle las gracias
por el nombre.
La niña
ve las plumas en el camino
y se las pone en el pelo.
Está muy contenta.

El jajilé sigue volando
hasta el desierto
y al avestruz le regala
el cacharro del agua.
El avestruz salta de alegría
por la arena.
¡Ahora ya puede recoger
el rocío y las gotas de lluvia!
El jajilé sigue volando,
cada vez más lejos.

Al pasar
por encima de los leones,
deja caer
la carne sobre ellos.
—¡Gracias! –ruge el león,
y mueve la cola.

El jajilé sigue volando,
cada vez más lejos.
Por la tarde llega
adonde están las jirafas.
Les deja la ensalada en un árbol.

¡Las jirafas nunca han comido
unas hojas tan ricas!
Todas están muy contentas.
Saludan al jajilé azul
con sus largos
y esbeltos cuellos.

El jajilé se pasa
el día volando.
Sólo piensa
en el inmenso bosque.
Está muy cansado,
pero vuela y vuela
durante toda la noche.

Y por la mañana,
cuando amanece,
llega de nuevo a su bosque.
Deja caer las zanahorias
en el gran lodazal negro.
Los jabalíes se sorprenden
de que, de pronto, caigan

zanahorias de los árboles.
Chillan
y se relamen de gusto.
El jajilé los mira y piensa:
«¡Qué alegres son estos jabalíes!
¡Qué contentos se reparten
las zanahorias!

Y yo estoy solo.
Seguro que no existe
en todo el bosque
ni en todo el mundo
otro jajilé azul,
sólo yo.
Y nunca, nunca más,
pobre de mí,
podré dormir
en un charco de fango
negro y caliente.
No podré hacerlo
con estas alas tan grandes,
y esta melena,
y este cuello tan largo.»
Muy triste,
se posa sobre un árbol
y llora porque ya no es un jabalí.
Luego, se queda dormido.

Y por la mañana,
cuando amanece,
¡el jajilé es un jabalí!
¡De nuevo está tan gris y gordo
como antes!
Grita de alegría
y despierta a los demás jabalíes.
Éstos se alegran mucho
de ver de nuevo
al jabalí del pequeño charco
de fango negro.

Enseguida corren
todos juntos hacia el lago.
Luego,
escarban juntos en la tierra.
Y por la noche
se echan todos juntos
a dormir
en el gran lodazal negro.

Entonces,
el jabalí, que ya no es
un jajilé azul, piensa:
«No es cierto
que todos los jabalíes
sean iguales:
gordos y grises.
¡Qué tonto he sido!

Uno tiene
un ricito detrás de la oreja;
otro tiene
el rabo fino como un pincel;
otro escarba
mejor que ninguno;
otro chilla
más fuerte que los demás;
otro corre
más deprisa que nosotros;
otro gruñe mejor.

¿Y yo? ¡Yo sé bailar!»
Y baila de alegría
a la luz de la luna,
alrededor del gran lodazal negro.
¡Y los demás jabalíes
bailan con él!